¡¡¡Pippiloteca???
Una biblioteca maravillosa

Título original: Pippilotek??? Eine Bibliothek wirkt Wunder
Texto e ilustraciones: Lorenz Pauli y Kathrin Schärer

Editor de Océano Travesía: Daniel Goldin
Tradujo José Antonio Salinas
Maquetista: Rodrigo Morlesin

D.R. © 2011, Atlantis, un sello de Orel Füssli Verlag AG Zürich, Suiza.
Todos los derechos reservados
D.R. ©, 2012 Editorial Océano de México, S.A. de C.V.
Blvd. Manuel Ávila Camacho 76-10
Lomas de Chapultepec, Miguel Hidalgo,
11000, México, D.F.
www.oceano.mx

PRIMERA EDICIÓN 2013
ISBN: 978-607-400-820-3
Depósito legal: B-5137-LVI

IMPRESO EN ESPAÑA/ PRINTED IN SPAIN
9003544010313

¡¡¡¡PIPPILOTECA???

Una biblioteca maravillosa

Lorenz Pauli y Kathrin Schärer

El ratón disfruta el silencio de la tarde.
Pero de pronto huele a zorro.
Y se escucha un ruido...

»Ya te tengo«, dice entre dientes el zorro.
Pero el ratón desaparece por la ventana de un sótano.
»¡Vas a ver!«, gruñe el zorro, y se abre paso a la fuerza por la rendija para seguirlo.
Baja hacia el sótano. Pasa sobre una caja, por una estantería. Voltea en la esquina.
Entra en un conducto estrecho y...

… finalmente el zorro sale de la estrechez.

»¿Dónde está el ratón?«, gruñe y olfatea.

Pero aquí huele mucho a papel...

y a gente.

¡Ahí está! El ratón corre como rayo alrededor de una estantería, y el zorro
lo sigue a toda mecha.

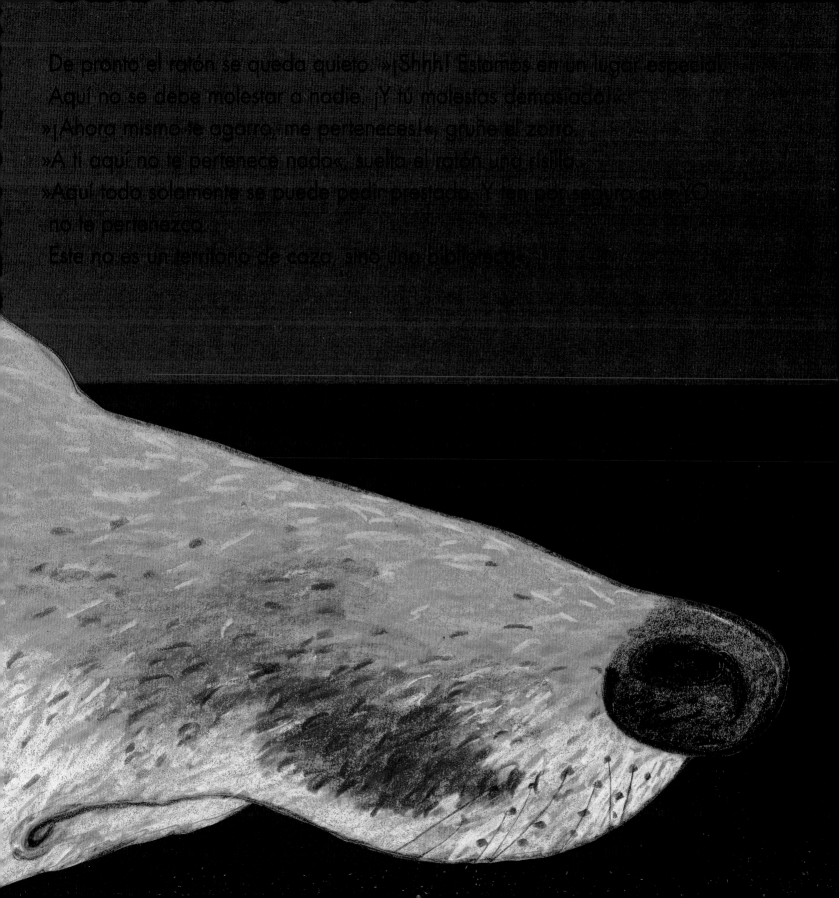

De pronto el ratón se queda quieto. »¡Shhh! Estamos en un lugar especial.
Aquí no se debe molestar a nadie. ¡Y tú molestas demasiado!«
»¡Ahora mismo te agarro, me perteneces!«, gruñe el zorro.
»A ti aquí no te pertenece nada«, suelta el ratón una risilla.
»Aquí todo solamente se puede pedir prestado. Y ¡en por seguro que YO
no te pertenezca.
Este no es un territorio de caza, sino una biblioteca.«

A la noche siguiente, el zorro regresa.

»Me quiero llevar el libro de ayer. Y a ti, ratón, también.

Para que me puedas leer la historia una y otra vez.

Es... ¡es que yo no sé leer!«.

El ratón niega con la cabeza:

»No tengo tiempo. Descubrí un libro de magia.

¡Estoy aprendiendo a hacer magia! Pero ahí enfrente están los CD.

Quizás encuentres el audio libro«.

El zorro tiene suerte, y el ratón grita:
»¡Puedes pedir prestado el libro y el CD.
Pero regresa las cosas completas y sin
mordeduras. Ahora necesitas una credencial
de la biblioteca y...!«.
Pero el libro, el CD y el zorro ya habían desaparecido.

Tres noches más tarde, regresa el zorro.

Trae una gallina.

»¡Qué tontería! Ya llevaba la gallina entre
los dientes. En ese momento ella me preguntó si no sabía
que los huesos de gallina son peligrosos para mi garganta
y mi estómago. ¿Es cierto?«.

»Busca en una enciclopedia«, dice el ratón,
y sigue haciendo trucos de magia.

Aunque la gallina casi se está sofocando, le lee mansamente al zorro
la enciclopedia de animales. Y la guía para animales domésticos.
Y el libro de cocina. Y luego el libro de cuentos.

En algún momento, el zorro se queda dormido.
Y en algún momento, la gallina también se queda dormida.

Sólo el ratón sigue haciendo trucos de magia.

El sol sale. La puerta se abre. Llega la gente.
El ratón despierta a la gallina. La gallina despierta al zorro.

En el momento en que quieren irse silenciosamente, la gallina ve a su campesino.
Le guiña el ojo al zorro y le susurra:
»Si le cacaraqueo, estás frito«. El zorro tiembla.
Luego entrecierra los ojos y dice:
»¡Mira el libro que quiere pedir prestado tu campesino!«.
Ahora tiembla la gallina.

»¿Sabes qué?«, dice el zorro,
»yo les voy a cavar un túnel para que se escapen
del gallinero,
y tú, a cambio de ello, me enseñas a leer«.
La gallina asiente con la cabeza.
Rápidamente van a buscar un libro
que les gusta.
Y otro más, y otro más.

»¡Paren!«, grita el ratón.
» ¡No pueden llevar más de 10 libros!
¡Y regresen todo a tiempo!«.

Pero los libros, el zorro y la gallina
ya habían desaparecido.

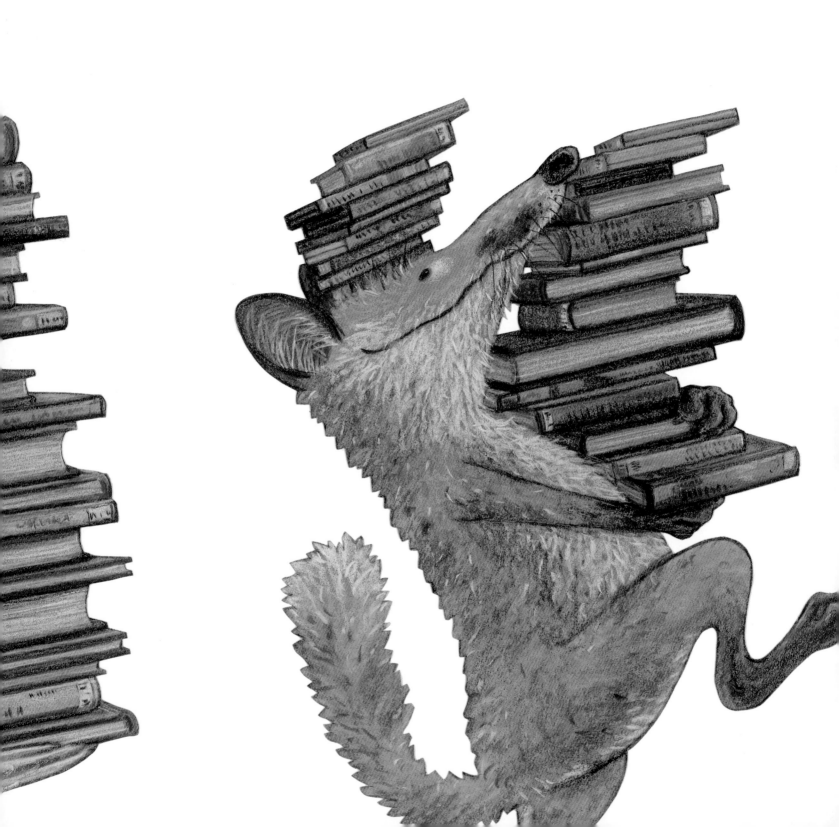